AF363576

P. RAVIER DU MAGNY

*Avocat à la Cour de Lyon*
*Professeur à la Faculté Catholique de Droit*

# Un Cri d'Alarme !

# La FAMILLE, l'HÉRITAGE, le FISC

(Extrait de la " Revue catholique des Institutions et du Droit ")

LYON

IMPRIMERIE DE LA REVUE CATHOLIQUE DES INSTITUTIONS ET DU DROIT

J. PERROUD

Rue François-Dauphin, 18

1920

# UN CRI D'ALARME !

## LA FAMILLE, L'HÉRITAGE, LE FISC

Voici un cri d'alarme. Plaise à Dieu qu'il parvienne jusqu'à ceux qui peuvent apporter quelque remède au mal !

On sait le mot de ce ministre de la Restauration à ses collègues : « Messieurs, faites-moi de bonne politique et je vous ferai de bonnes finances. » La phrase pourrait être aujourd'hui retournée. Car jamais le problème fiscal n'est apparu plus étroitement lié aux autres problèmes de l'ordre politique et social. Il n'est plus permis de vouloir le trancher sans considérer ses répercussions sur le développement de la richesse publique, sur la force et la prospérité de l'Etat, sur là paix et la santé du corps social. Ce n'est plus une affaire de spécialistes, et le plus habile financier sera funeste s'il ne possède, avec l'intelligence des chiffres, la culture générale du sociologue et le regard lointain de l'homme d'Etat.

C'est précisément pour avoir méconnu cette dépendance de la question fiscale avec d'autres questions, non pas peut-être plus urgentes, mais plus hautes et plus importantes, que nos commissions du budget et nos ministres des finances ont eu tant de peine à mettre sur pied jusqu'ici un programme satisfaisant. Pendant quatre ans, toute l'attention fut concentrée sur le front de bataille, et le ministre chargé de trouver les

ressources nécessaires à la défense nationale, allait au
plus pressé et choisissait naturellement les recettes
les plus faciles à réaliser immédiatement, sans se préoccuper de leurs répercussions ultérieures. C'est ainsi
qu'il emprunta tant qu'il put. Mais l'emprunt ne pouvait suffire. Il fallut bien se résoudre à aggraver l'impôt. On visa de préférence alors, parmi les contribuables, ceux dont la résistance était le moins à craindre.
Et, comme on redoutait de faire trop crier les vivants,
on taxa sans ménagement les morts dont les plaintes
ne franchissent pas les barrières du Louvre.

La nécessité du temps de guerre excuse peut-être
cette méthode d'expédient. Mais aujourd'hui qu'il ne
s'agit plus pour nous de vivre au jour le jour dans
l'abri précaire des tranchées, mais de reconstruire une
maison durable pour y reprendre les travaux de la
paix, il est grand temps de changer de système. Il ne
suffit plus désormais de boucler nos budgets avec n'importe quoi. Il faut y inscrire des recettes qui, pour enrichir un moment l'Etat, ne risquent pas de ruiner
les familles, cellules-mères de l'Etat.

En d'autres termes, il nous faut une politique fiscale conçue en fonction de la famille et non plus seulement en raison des individus.

Cette affirmation aurait peut-être exigé naguère quelques développements. Je crois que maintenant elle porte
en elle-même sa justification. Sans doute, la philosophie sociale sur laquelle repose depuis 1789 notre édifice politique demeure tout individualiste. Mais il n'est
plus d'esprit réfléchi et loyal qui ne répudie ces faux
dogmes, dont de trop dures expériences ont montré la
fragilité. L'insuffisance de notre population, mise dans
une lumière crue et douloureuse par l'invasion de 1914,
nous a appris à rendre à la famille l'honneur et la
prépondérance qui lui sont dus. Pour multiplier le nombre des Français, il nous faut des foyers féconds ;

pour que ces foyers soient féconds, il faut leur assurer la sécurité du lendemain. Et nous voici au cœur de notre problème.

I

Contre les défaillances de la famille française, le remède est surtout moral. Ce n'est pas ici qu'on pourrait l'oublier ! Mais il n'est pas exclusivement moral. Il est aussi économique. Car les familles, comme les individus, ont besoin pour atteindre leur développement normal et poursuivre leur fin providentielle d'une certaine quantité de biens matériels.

Un mot désigne ces biens : l'*héritage*.

L'héritage, c'est le patrimoine accumulé par les générations passées, afin que les générations futures trouvent dans sa possession le moyen de conserver et d'accroître leur aisance et leur dignité. C'est l'héritage qui assure la durée des familles, et par elle la tradition des coutumes, des sciences et des vertus ; c'est l'héritage qui, empêchant que les hommes soient indéfiniment condamnés au travail de Sisyphe, permet à la société de s'avancer dans la voie du progrès et d'escompter des lendemains meilleurs, ou du moins plus faciles, que n'ont été ses veilles. Des familliers de Le Play résumeront tout cela dans cette formule : *l'héritage condition nécessaire de la famille stable.*

Nous distinguons l'héritage de la fortune individuelle. C'est une distinction si certaine qu'une législation peut être très favorable à la propriété privée, très nettement *capitaliste*, tout en considérant l'héritage avec suspicion, tout en entravant son développement. Tel est précisément le cas de la législation française issue de la Révolution et fixée dans le Code Napoléon. Les droits du propriétaire y sont assortis de toutes les précisions, de toutes les garanties possibles. Mais au décès

de ce propriétaire qui fut pendant sa vie le maître
absolu de ses biens, la loi disperse son patrimoine entre
ses héritiers, sans souci de ses préférences à lui, et surtout sans souci de leurs convenances et de leur intérêt
à eux. Les méfaits du partage forcé et égalitaire ont
été trop de fois signalés dans cette Revue pour qu'il soit
nécessaire d'y insister encore.

L'héritage a aujourd'hui un autre ver rongeur, qui
le poursuit de ses attaques jusque dans ces parties
entre lesquelles il a été déja si fâcheusement morcelé.

Lorsqu'on a proscrit de nos institutions tous les suc-
cédanés du droit d'aînesse, c'était pour respecter le
droit prétendu de chaque héritier de même rang à prendre une part égale du gâteau. Mais il faudrait alors
laisser à chacun son morceau intact. Or le fisc ne l'en-
tend pas ainsi, et à chaque copartageant il vient au
contraire demander de partager encore avec lui.

L'Etat exige aujourd'hui des droits de mutation tel-
lement onéreux que la nécessité de faire de l'argent
pour les acquitter contraint souvent les héritiers à vendre les biens qu'ils ont recueillis. Non seulement tous
les héritiers sont exposés à vendre l'héritage indivis
parce qu'ils ne peuvent pas le partager conformément
au Code, mais encore, lorsque par une heureuse fortune ce partage est réalisé, chaque héritier est exposé
à vendre le lot qu'il a reçu, parce qu'il n'a pas d'autre
moyen de payer un impôt trop supérieur au revenu du
capital qui lui est échu.


## II


L'aggravation des droits de mutation n'est pas un
phénomène nouveau. Mais ce qui est nouveau, c'est l'é-
normité de leur aggravation.

C'est en 1901 que la brèche a été ouverte·

Jusque-là, les droits de mutation sur les successions

croissaient seulement en proportion des degrés de parenté. Pour les héritiers d'un même degré, ils étaient *proportionnels* à l'importance de la succession. Ainsi les héritiers directs, ascendants et descendants, se voyaient réclamer uniformément 1 %, les collatéraux davantage selon leur degré, enfin les étrangers 11, 25 % du capital recueilli.

Mais la loi du 25 février 1901 a substitué à la proportionnalité la *progression*. Et c'est l'impôt successoral qui fut alors choisi pour faire dans notre droit fiscal la première application de la nouvelle formule. Depuis lors, le taux de l'impôt ne croît plus seulement selon les degrés de parenté ; il croît une seconde fois, dans chaque degré, selon l'importance de la part recueillie.

Bien entendu, la progression fut d'abord modérée. Elle ne dépassait pas 18,50 % pour les successions les plus importantes (un million) déférées à des étrangers. Quant aux héritiers du premier degré, ils n'étaient frappés que de 1 % sur la tranche inférieure et de $2\frac{1}{2}$ % sur la tranche supérieure.

Seulement, dès l'année suivante, la loi du 30 mars 1902 étendit le champ de la progression et majora les coefficients. La loi de finances de 1910 porta le maximum à 20 %, et fit jouer ce maximum dès le cinquième degré de parenté. Les cousins issus de germains étaient désormais taxés comme des étrangers.

C'était pendant la paix qu'un législateur imprudent adoptait ces chiffres effrayants. Quand vint la guerre et la nécessité de faire argent de tout, ce fut bien pire encore. La loi du 31 décembre 1917, dont les dispositions relatives aux droits successoraux sont toujours en vigueur, multiplie les tranches et les catégories pour augmenter le produit de l'impôt. Elle frappe, dans la ligne directe, les ascendants plus que les descendants, les petits-enfants plus que les en-

fants, et davantage encore les arrière-petits enfants.
Aux enfants, elle réclame au moins 1 % et au plus
12 %. Aux parents au delà du 4° degré, elle demande
au moins 25 % et au plus 36 % (1). Retenons ce
chiffre ; et notons qu'il ne comprend pas encore le
total de la dette imposée à l'héritier.

Comment cela ?

Par une application aussi inattendue que peu justi-
fiable d'une considération nouvelle en droit fiscal : la
faveur due aux familles nombreuses.

Rien de plus juste en soi que cette faveur ! Qu'un
contribuable chargé d'enfants bénéficie de dégrève-
ments, de détaxes ou d'exonérations, c'est bien le privilège le moins discutable. On ne peut que féliciter
le législateur de 1917 d'y avoir songé. On ne peut que
regretter même qu'engagé dans cette voie nouvelle, il
se soit montré trop timide et qu'il ait limité à 50 %
la réduction *maxima* consentie au père le plus riche
en enfants. A tout héritier qui a plus de quatre enfants vivants ou représentés, lorsqu'il recueille un
héritage (les enfants morts à la guerre étant comptés
comme s'ils étaient vivants), il est maintenant ac-
cordé une détaxe de 10 % pour chaque enfant au delà
du troisième, sans que la réduction totale puisse,
comme nous l'avons dit, excéder 50 %. Le père de neuf,
de douze, de quinze enfants paiera donc les mêmes
droits que le père de huit, savoir : de 0,50 à 18 %, selon
l'importance de l'héritage et le degré de parenté, au lieu
de 1 à 36 %. Même ainsi limité, c'est un avantage
appréciable.

Mais, non content d'instituer cette prime à la fécondité des héritiers, le législateur de 1917 ne s'est-il
pas avisé d'établir une pénalité parallèle contre la
stérilité du *de cujus* ?

______

(1) Les petites successions, c'est-à-dire celles qui ne dépassent pas 25.000 francs, gardent le bénéfice des tarifs
de 1910.

Si le *de cujus* n'a pas laissé à son décès un certain nombre d'enfants vivants ou représentés, l'héritier, qui pourtant n'en peut mais, devra payer, outre les droits déjà énumérés, une taxe supplémentaire dite taxe successorale. Ainsi tout héritier collatéral et tout ascendant supportera cette taxe. Quant aux descendants, ils la supporteront seulement s'ils ne représentent pas à eux tous le minimum de quatre enfants, que le législateur semble considérer comme le chiffre de la famille normale.

Cette taxe successorale est progressive, comme les droits principaux auxquels elle vient se superposer. Elle est même deux fois progressive. Elle l'est premièrement d'après l'importance de la succession, la première tranche supportant de 0,25 à 2 %, la seconde de 0,50 à 14 % et ainsi de suite. Elle l'est secondement d'après le nombre d'enfants du *de cujus*. La taxe commence à jouer s'il n'y a que trois enfants ; elle est majorée s'il y en a deux ; elle l'est davantage s'il n'y en a qu'un. Elle atteint son maximum s'il n'en existe aucun, c'est-à-dire dans les successions déférées aux ascendants ou aux collatéraux. Pour la première tranche, la taxe est simple s'il n'y a que trois enfants, elle est doublée s'il n'y en a que deux, quadruplée s'il n'y en a qu'un, octuplée s'il n'y en a point.

Son maximum, en l'absence de tout enfant, pour la tranche la plus élevée, c'est-à-dire au delà de 50 millions, est de 24 %.

L'administration de l'enregistrement calcule le montant du droit principal en déduisant du capital imposable la taxe successorale qui l'a déjà frappé. Elle atténue ainsi, dans une mesure appréciable, la charge qui résulterait pour le contribuable de l'addition pure et simple des deux catégories de droits. Ainsi, pour les successions les plus fortement taxées, la combinaison du taux de la taxe, 24 %, et du taux du droit principal, 36 %, donnerait 60 %. Le fisc perçoit, en réalité, un peu moins.

Encore est-il juste d'observer que c'est là un chiffre presque théorique, parce qu'il suppose une succession d'au moins 50 millions.

Mais sans monter à ces hauteurs « sublimes », il est facile de calculer ce que devront laisser aux mains du fisc les héritiers des successions modestes ou moyennes.

Un héritage de 100.000 francs recueilli de son père par un fils unique supporte 3.380 francs de taxe successorale, plus 3.244 fr. 80 de droit principal, soit 6.624 fr. 80, ce qui est le revenu moyen de deux années.

Sur le même capital, un étranger ou un parent au delà du 4ᵉ degré paie $6.760 + 25.487{,}20 = 32.247$ fr. 20, soit déjà près du tiers de la succession.

Envisageons maintenant un héritage de 500.000 fr. Le fils unique paie 50.207 fr. 20, ce qui est certainement supérieur au revenu de deux années. Et le parent au delà du 4ᵉ degré paie 180.219 fr. 80, soit plus du tiers de la succession.

Rien de plus louable en soi que les encouragements à la natalité. Mais il y a la manière ! Que penser de cette taxe successorale qui frappe l'innocent pour le coupable ? Quelle étrange illusion du législateur, s'il a cru qu'un homme serait encouragé à avoir des enfants par la crainte, s'il n'en a pas ou s'il n'en a pas assez, des surtaxes qu'après lui ses héritiers auront à supporter ! C'est prêter à un égoïste présumé une bien singulière affection envers ses héritiers... possibles. Quand le législateur romain édictait les Lois caducaires, il savait au moins éviter cette erreur de psychologie. Il frapait de déchéances les héritiers célibataires ou sans enfants ; mais à ceux qui avaient personnellement

satisfait à leur devoir de procréation, il n'allait pas
demander compte des défaillances de leur auteur.

Encore, si cette étrange pénalité épargnait toujours
dans leurs héritiers les défunts qui ont mis au monde
le nombre légal d'enfants. Mais non ; elle ne tient
compte que des enfants vivants ou représentés à l'ou-
verture de la succession. De sorte que l'héritier, non
seulement est frappé pour punir en lui son auteur de
sa stérilité présumée volontaire, mais il l'est encore
pour consoler dans sa tombe, si l'on peut dire, ce même
auteur du chagrin qu'il a eu de voir mourir avant lui
ses enfants.

Comme arbitraire, comme fantaisie, il n'y a pas
mieux. Il n'y a pas mieux ! Mais il pourrait y avoir
pire.

## III

Les projets déposés par M. Klotz à la Chambre des
députés le 13 janvier 1920, relatifs au budget général
de 1920 et à la création de nouvelles ressources fiscales, portent déjà trois aggravations notables :

1° Les tarifs des droits de mutation sont remaniés
dans le sens d'une forte majoration.

Sans doute, le taux initial des mutations entre époux
est diminué, pour les parts inférieures à 100.000 francs,
de 1 % en moyenne.

Mais, en revanche, le tarif des mutations entre frères
et sœurs est relevé, dès la tranche inférieure, de 2 %.

D'autre part, la progression des tarifs, qui était jusqu'ici uniforme (progression *à raison fixe*), devient une
progression *à raison croissante*. Voici ce que signifie
cette formule :

Pour les mutations en ligne directe, au premier degré, la progression n'est d'abord que de 0,25 % au lieu
de 1 % selon l'ancien tarif. Mais, comme elle augmente

de 0,25 % à chaque tranche, elle atteint finalement
17,50 % au lieu de l'ancien maximum de 12 %.

Entre époux, elle atteint le maximum de 37 % au lieu
de 16 %.

Entre oncles et neveux, celui de 70 % au lieu de 26.

Entre parents au delà du 4° degré, enfin, celui de
80 % au lieu de 36.

Les droits de donation font l'objet d'un rehausse-
ment analogue.

Enfin, comme il n'est pas de petit profit, on subs-
titue, pour le calcul des droits de mutation et de la
taxe successorale, la liquidation sur le chiffre global à
la liquidation par tranches.

Il en résulte, pour prendre des termes de comparai-
son avec les résultats des tarifs de 1917, que le maximum global de l'impôt successoral, entre étrangers et
pour un héritage supérieur à 50 millions, dépassera
85 % !

Un héritage de 100.000 francs recueilli par un fils
unique, ne supportera plus, il est vrai, que 4.000 francs
de taxe successorale, plus 2.400 francs de droit principal, soit 6.400 francs au lieu de 6.624 fr. 80.

Mais, sur le même capital, un étranger paiera
8.000 + 31.280 = 39.280 francs.

Et sur un héritage de 500.000 francs, le fils unique
paiera 52.325 francs ; l'étranger, 247.000 francs, près
de la moitié de la succession.

2° La réduction des droits consentis aux héritiers
pères de familles nombreuses est limitée à une somme
fixe de 2.000 francs par enfant.

De ces deux premières modifications, le ministre es-
comptait pour le Trésor un supplément de recettes de
250 millions.

3° De la troisième modification, il attendait seulement 6 millions. C'est bien peu pour excuser cette nouvelle et si grave atteinte aux principes traditionnels

du Code civil. Il s'agit de la réduction de la vocation héréditaire au quatrième degré : les cousins issus de germains, qui déjà étaient taxés comme les étrangers, vont cesser d'être héritiers *ab intestat*. Ils seront exclus par l'Etat.

Tels sont les *ultima verba* laissés aux héritiers français par M. Klotz. Dans son besoin de trouver de l'argent, M. Marsal adopte, en bloc, ces projets. Il s'en est expliqué dans la lettre qu'il adressait au président de la commission des finances de la Chambre, lettre dont les journaux du 24 février nous ont fait connaître l'analyse.

M. Marsal voudrait cependant atténuer en faveur des familles nombreuses le fâcheux effet de ces lourdes aggravations. Dans ce but, il propose de modifier l'assiette de la taxe successorale de telle façon que la dégression n'en soit plus arrêtée au quatrième enfant, mais qu'elle continue au delà, dans la proportion de 1/10 par enfant en sus du quatrième, sans cependant que l'ensemble de la réduction dépasse jamais 50 % de l'hérédité.

Que M. Marsal soit béni de cette bienveillance ! Pour le reste, nous ne saurions lui épargner la critique que méritait son successeur. C'est à la Commission des Finances qu'il appartient maintenant de reviser le programme qu'il a fait sien.

Espérons, sans beaucoup y croire, qu'elle en aura la sagesse.

## IV

On voudrait se persuader que les chiffres sur lesquels nous avons arrêté jusqu'ici l'attention du lecteur marquent le point extrême dans la guerre que le fisc a déclarée à l'héritage.

Ce ne serait, hélas ! encore qu'une illusion. Il faut

connaître d'autres menaces, dont la réalisation, pour
être moins prochaine, n'est guère moins assurée, si
les maîtres de nos finances ne s'inspirent résolument
d'un « esprit nouveau » ou « réactionnaire », car ces
deux termes sont ici devenus très exactement syno-
nymes.

De ces projets, point encore officiels, en voici deux,
d'abord, que la dernière législature a vu éclore. Puis-
sent-ils ne pas lui survivre !

Le premier émane d'un député dont il faut retenir
le nom : M. Bokanowski. Paris l'a réélu sur la liste du
Bloc national. C'est donc un modéré. Voyez cependant
son système (1) :

Dans toute succession qui n'est pas déférée à quatre
enfants au moins, l'Etat prend une part d'héritier.
C'est trop peu dire : l'Etat devient réellement héritier,
et héritier réservataire. Le procédé jouera donc dans
toute succession collatérale, et jusque dans les successions déférées à des descendants, s'ils ne sont qu'au
nombre de trois au plus. L'Etat aura la saisine des
biens. Il pourra requérir l'apposition des scellés, prendre communication de tous les titres et de tous les pa-
piers les plus secrets du défunt, il sera le maître de
provoquer le partage à son heure, il discutera la for-
mation des lots, il contestera leur attribution, et, s'il
le veut, il exigera la vente en justice de l'actif.

Devant une pareille menace, nous redirons avec
notre ami M. A. Rivet : « Ceux qui ont vu, à l'occasion
de la liquidation des congrégations, les procédés de cet
être impersonnel, anonyme et irresponsable qu'est l'administration des Domaines et qui ont pu constater que
cette administration avait réalisé le difficile problème
de faire regretter les liquidateurs les plus sectaires,
comprendront qu'en qualifiant ce procédé de mons-
trueux on ne commet aucune exagération. » (2).

(1) La proposition Bokanovski a été déposée sur le bu-
reau de la Chambre des députés le 26 juin 1915.
(2) Documentation catholique, 1919, p. 53.

La proposition Bokanowski était, en effet, d'une gravité singulière. Plus inquiétant encore cependant apparaît un projet Klotz déposé à la Chambre des députés le 22 juin 1917.

L'ancien ministre voulait établir une *taxe annuelle* sur tous les capitaux recueillis à titre gratuit, par succession, legs ou donation. Au lieu de payer les droits de succession en une seule fois, par le versement d'un capital, comme aujourd'hui, ou plutôt après avoir payé ces droits, les héritiers paieraient en outre chaque année la taxe. Avez-vous eu, une fois dans votre existence, le malheur de recueillir en héritage un domaine de 100.000 francs ? Vous voilà, votre vie durant, débiteur envers le fisc d'une rente annuelle de 500 ou 1.000 francs ou davantage ; car, bien entendu, le taux de cet impôt nouveau ne sera, pas plus qu'un autre, à l'abri des élévations futures. — Eh quoi ? dites-vous, ma vie durant ? Mais si j'aliène mon domaine devrai-je encore payer pour un fonds que j'ai cessé de posséder ? — Oui, répond M. Klotz, vous le devrez encore, vous le devrez toujours, car la vente du fonds a dû mettre dans votre patrimoine une valeur correspondante. — Mais si je l'ai donné, au lieu de le vendre ? — Oui, toujours et quand même, vous n'en paierez pas moins la taxe. Car vous êtes libre de vous appauvrir vous-même par vos libéralités, mais vous ne l'êtes pas d'appauvrir le fisc.

— Mais enfin, la valeur des biens est sujette à des variations. Si mon domaine qui me rendait 5.000 fr. quand je l'ai recueilli, ne me rend plus que moitié moins, s'il ne me rend plus rien. s'il me coûte plus qu'il ne me rapporte, devrai-je toujours la même annuité de 500 ou de 1.000 francs ? — Vous la devrez toujours. Vous la devrez quand même votre bien serait couvert d'hypothèques, quand même il aurait été vendu sur la poursuite de vos créanciers. Pour que l'Etat vous fasse grâce de la taxe, il faut que vous soyez failli ou en état de liquidation judiciaire, en vertu d'un jugement en bonne et due forme.

On voit si nous exagérions en parlant tout à l'heure du *malheur d'hériter* ! La taxe héréditaire, d'après ce beau projet, ce serait, on l'a très bien dit, la tunique de Nessus collée aux flancs de l'héritier.

Un point achève de caractériser cette fantaisie fiscale : la rétroactivité dont son auteur n'hésitait pas à la doter. Il voulait que les successions et les libéralités recueillies antérieurement à la loi nouvelle fussent astreintes, comme les autres, à la taxe annuelle, sans doute pour ne pas créer de privilège aux héritiers nantis par rapport aux héritiers éventuels. Cette rétroactivité successorale rappelle les plus tristes jours de la Convention nationale et de la loi fameuse de brumaire an II.

Ce qui fait le danger le plus immédiat de pareils systèmes, c'est la facilité qu'ils offrent au fisc pressé de besoins.

Tout impôt direct (et les financiers s'accordent aujourd'hui avec les économistes pour reconnaître ce caractère aux droits de mutation) est naturellement d'une perception irritante. Mais entre tous, l'impôt qui frappe les héritages est celui qui soulève les moindres résistances. On fait valoir que l'héritier est accoutumé à son train de vie antérieur et que la dévolution de la succession constitue pour lui un gain pur et simple ; ce ne serait donc l'atteindre que dans son superflu que de lui enlever une partie de cet émolument. Il y a bien de la légèreté dans cette appréciation. Les successions en ligne directe particulièrement apportent souvent peu de changement au conditions d'existence de l'héritier. Il vivait avec le *de cujus,* il partageait plus ou moins sa dépense comme ses revenus. Et loin de se trouver plus riche de tout ce que l'Etat lui laisse, il se

trouve en vérité plus pauvre de tout ce que l'Etat lui
prend. Et puis, que d'héritages sont d'avance escomp-
tés ! Que de mariages se sont conclus sur des « espéran-
ces », que d'emprunts ont été contractés de même ! Ce
qui est vrai, c'est seulement que l'héritier ne peut pas
dissimuler la consistance d'un héritage aussi facilement
que l'importance de ses revenus personnels ou de ses
bénéfices commerciaux. L'impôt est ici plus facile à
percevoir ; qu'importe dès lors au fisc sans entrailles
qu'il soit plus ou moins douloureux à supporter.

Mais si tout ministre des finances n'est déjà que
trop disposé par cette facilité à rejeter sur l'impôt successoral la plus lourde part des aggravations qu'il juge
nécessaires, il y est encouragé encore par les excita-
tions d'une école dont on a laissé croître singulière-
ment l'audace en ces dernières années. L'impôt sur
l'héritage, en tant qu'il absorbe une partie du capital,
en tant qu'il détruit une partie de la richesse acquise,
est le plus agréable aux socialistes. Ecoutez cette dé-
claration du député Jean Bon, à la séance du 22 décembre 1917, et remarquez les applaudissements,
qu'au témoignage du *Journal officiel*, elle provoque
sur les bancs de l'Extrême-Gauche : « Nous ne recon-
naissons comme revenu légitime que le revenu du travail. Toutes les ressources venues à un particulier par
droit de succession ou d'aubaine (?), si nous ne demandons pas aujourd'hui de les remettre à l'Etat, c'est
parce que nous ne sommes pas les plus forts. Quand
nous le serons, toutes les successions, même de 1 à
2.000 francs, viendront dans ce trésor collectif. »

C'est bien cela ! L'impôt en général est, pour les socialistes, le moyen de niveler les fortunes : l'impôt
progressif étant susceptible d'atteindre plus vite ce ré-
sultat que l'impôt proportionnel lui sera donc préféré.
Mais l'impôt sur l'héritage, véritable impôt sur le
capital, fera mieux encore que niveler. Il détruira. Il

fera rentrer dans le patrimoine collectif les patrimoi-
nes privés. Au taux de 60 %, déjà atteint dans certains
cas, il suffira pour cela de deux décès, de deux trans-
missions successives. C'est bien plus sûr que le pillage.
C'est bien plus efficace que la confiscation. Ou plutôt
c'est bien la confiscation, mais pratiquée dans les
conditions les plus favorables : une *guillotine sèche*
fiscale.

Est-ce donc cela que l'on veut ?

Mais alors, dira-t-on, où prendrez-vous l'impôt dont
l'Etat a le plus impérieux besoin ?

Nous répondrons sans hésiter : sur les revenus des
vivants. Il serait certainement moins funeste pour le
développement de la richesse et pour la conservation
des familles d'exiger chaque année de tout contribuable le quart ou le tiers de son revenu que de lui prendre en une seule fois le quart ou le tiers d'un capital
qui lui échoit par héritage. Rappelons-nous l'adage
du marquis de Mirabeau : « Taxe sur le revenu est impôt ; taxe sur le capital est spoliation. »

## V

Ainsi donc, — car il ne saurait s'agir de supprimer
les droits de mutation — le taux de ceux-ci doit-être
réglé de telle façon qu'ils ne dépassent jamais un
très petit nombre d'années de revenus.

Nous ne demandons pas d'ailleurs que ce taux demeure invariable.

Laissons de côté la controverse fameuse entre l'impôt proportionnel et l'impôt progressif. Au surplus
une progression limitée à un maximum peu élevé ne
soulèvera pas, en pratique, de fortes objections .

Mais nous trouvons très équitable que le taux de
l'impôt varie entre les contribuables, en proportion

inverse de leurs charges de famille. Nous n'admettons pas que l'on dépouille le fils unique, ni même le célibataire ou le père d'un unique enfant. Mais nous approuvons pleinement qu'entre deux frères appelés à se partager la même succession, celui qui a élevé quatre enfants n'ait à supporter que le quart de l'impôt réclamé à celui qui n'a point d'enfants. Il faudra seulement apporter à cette répartition des charges fiscales toutes les précautions nécessaires pour que son *inégalité* ne dégénère pas en *iniquité*. Rien ne serait plus injuste, par exemple, que de frapper de la double ou triple taxe un enfant de quinze ans, tout comme un célibataire endurci de quarante ans. Le dernier est, dans une certaine mesure, responsable de son infériorité vis-à-vis de celui qui a mis au monde de nombreux enfants. En tout cas, on peut tenir pour probable qu'il persistera dans cette infériorité voulue ou non. Mais à celui qui n'a pas encore atteint l'âge du mariage, il faut laisser le temps de faire ses preuves et ne pas le cataloguer préventivement parmi les indignes ou les moins dignes de la bienveillance fiscale.

Il faut surtout approuver la différence traditionnelle des tarifs appliqués aux héritiers des différents degrés. Un collatéral est justement soumis à des droits plus élevés qu'un héritier direct, un arrière-cousin qu'un frère ou un neveu. Rien de plus conforme tout à la fois à l'ordre naturel de la famille et à l'ordre présumé des affections. Si le père de famille a constitué, augmenté ou seulement conservé sa fortune dans l'espoir de la laisser à sa postérité, il est peu probable que le célibataire ait ainsi travaillé pour enrichir de ses sueurs quelque lointain parent qu'il connaissait à peine. Notre ancien droit était sage et humain quand il taxait les successions collatérales, mais qu'il laissait, au contraire, franc et quitte de tout impôt l'héritage dévolu aux enfants. Et quand nous protestons

aujourd'hui contre l'exagération des droits de mutation, c'est bien moins sur les 36 % réclamés aux parents du 5ᵉ degré, que sur les 12 ou 17,50 % réclamés
aux descendants du premier degré que portent nos pro-
testations.

Aussi nous affirmons qu'à l'égard des descendants,
l'ancien tarif antérieur à 1901 — 1 % — n'aurait jamais dû être dépassé et qu'il est urgent de le rétablir.
2 % c'est déjà trop, puisque cela correspond souvent
à tout le revenu d'une année. Mais que dire de 5, 12,
17 % — et même 24 et 29,50 %, si l'on tient compte
de la taxe successorale superposée au principal, sinon,
pour reprendre l'adage du vieux Mirabeau : « Impôt
sur le capital est pillerie ! »

Quant aux collatéraux, on peut leur faire payer plus
cher le profit de l'héritage.

Seulement, faut-il pousser la différence entre les enfants et les héritiers collatéraux jusqu'au point, lar-
gement acquis aujourd'hui, où l'Etat enlève à ceux-ci
une part du capital dévolu ? Faut-il admettre que ce
prélèvement aille jusqu'au quart, au tiers, à la moitié ? Faut-il dépasser même ces limites et permettre à
l'Etat de dépouiller complètement les collatéraux de
la totalité de l'héritage ?

Ce n'est point là une question purement académi-
que. Des lois récentes ne l'ont déjà plus laissée entière,
et l'on ne peut méconnaître la force de l'opinion qui
entraîne le législateur vers les solutions les plus radi-
cales.

Le Code civil reconnaissait la vocation héréditaire
des parents collatéraux jusqu'au 12ᵉ degré (art. 755).
La loi du 31 décembre 1917 dispose que les collatéraux au delà du sixième degré ne succèderont plus, —
à l'exception, dit le texte, des descendants de frères et
sœurs du défunt, ce qui semble une assez lourde iro-
nie, puisque cela représenterait les arrière-petits en-

fants des neveux du défunt. L'hypothèse sera rarement réalisée !

Une exception moins vaine est faite pour le cas où le défunt serait incapable de tester, sans être cependant frappé d'interdiction. La loi faisant en quelque sorte d'office le testament de l'incapable restitue dans ce cas les collatéraux éloignés dans les droits que leur reconnaissait le Code civil.

Depuis lors, le ministre a proposé de réduire la vocation héréditaire jusqu'au 4e degré. D'autres, au Parlement et hors du Parlement, veulent la limiter aux frères et sœurs et aux descendants des frères et sœurs, excluant tous les cousins. Il en est enfin qui préconisent l'abolition de toute succession collatérale et qui font hériter l'Etat, en l'absence d'ascendants et de descendants. Ce qui est remarquable, c'est que certains de ces réformateurs se défendent du reproche de socialisme et se déclarent partisans aussi déterminés de l'héritage sans épithète qu'adversaires de l'héritage collatéral. Tel l'auteur anonyme d'une brochure éditée, en 1918, à la librairie du recueil Sirey, qui résume son système en ces termes tranchants :

« Le patrimoine transmis en ligne directe, de génération en génération, est l'armature de la famille. Il est sacré. L'Etat doit le respecter.

« La transmission de la fortune d'un défunt à des collatéraux ou à des étrangers constitue un mode d'enrichissement immoral. L'Etat doit l'interdire à son profit. C'est là où l'Etat doit puiser. » (1).

Nous ne pouvons souscrire à ce programme. Et voici quelques-unes des raisons qui nous l'interdisent :

Tout d'abord, au point de vue fiscal, il n'est pas bon que l'Etat absorbe des capitaux et les enlève à la circulation.

S'il les confond avec ses recettes ordinaires, c'est-

(1) Une réforme successorale par Me X.

à-dire avec ses revenus, c'est autant de capital détruit, autant de revenus futurs anéantis, autant de blé mangé en herbe. La richesse publique ne résisterait pas long-temps à ce régime.

Plus consciencieux, plus prévoyant, l'Etat réser-vera-t-il ces recettes exceptionnelles pour des dépenses également exceptionnelles ? Voudra-t-il les affecter à l'amortissement de sa dette ? Souhaitons alors qu'il persévère dans cette louable résolution plus qu'il ne l'a fait tant d'autres fois déjà au cours du XIX<sup>e</sup> siècle. Mais acordons la chose ! Il faudra que l'Etat admi-nistre ces capitaux. S'il entreprend de cultiver lui-même les terres, de gérer lui-même les portefeuilles, une expérience malheureusement irrécusable nous avertit que la gestion sera coûteuse, le produit net in-férieur. Si, pour se décharger de ce soin auquel il est malhabile, il reverse à jet continu les biens sur le mar-ché, il vendra mal, comme tout héritier forcé de ven-dre sans choisir son moment. De toute façon, l'opéra-tion se traduira par un manque à gagner, sinon même par un déficit. C'est un principe bien établi de la science financière que l'Etat moderne doit vivre de ses impôts, tandis qu'il n'a que faire d'accroître indéfini-ment son domaine.

Mais le point de vue social l'emporte sur le point de vue fiscal. Et c'est lui qui nous fait découvrir les plus fortes objections contre la suppression totale ou partielle de l'héritage collatéral.

Il n'est pas vrai que la morale y gagnerait. Certes, nous n'ignorons pas que la captation, le *votum mortis*, l'hypocrisie poussent facilement, comme des champi-gnons vénéneux, sur le terrain d'un héritage convoité. Mais l'abus d'une chose bonne en soi n'en condamne pas l'usage. Et c'est faire injure à l'ensemble de nos contemporains que de les supposer à ce point dépour-vus de toute dignité, de tout désintéressement, et de tout attachement, sinon à la personne de lointains héritiers présomptifs, au moins à cet être impersonnel et permanent qui s'appelle la race, la maison, la famille, et que l'on aime quelquefois d'autant mieux que l'on n'a pas d'objets plus immédiats sur lesquels concentrer son affection.

Et la preuve que nous valons mieux que cette réputation que l'on nous prête, c'est que nous savons encore épargner. Tous nos célibataires ne mettent pas leurs biens en viager.

Mais ne le feront-ils pas quand ils n'auront plus d'autre héritier que l'Etat ? Notre ancienne France connaissait ces oncles vieux garçons, ces tantes vieilles filles, dont toute l'ambition terrestre était d'accroître du montant de leur légitime et du fruit de leurs économies la fortune de celui qui serait appelé un jour à représenter la famille et à soutenir son rang devant le monde. Ainsi, par le dévouement de ceux-mêmes qui n'avaient pas pu ou pas voulu greffer un nouveau rameau, le tronc voyait au moins sa sève s'enrichir. Ainsi, pour s'élever d'une génération à l'autre, la *maison* pouvait compter sur la collaboration de tous ses membres : Mœurs des temps passés ! Mœurs pourtant dont il faudrait nous rapprocher et non pas nous éloigner davantage, si nous voulons retrouver la santé et la fécondité de nos anciens foyers. Or, quand il n'y aura plus de vocation héréditaire collatérale, quel oncle voudra ménager sagement sa fortune, laisser croître ses futaies, se refuser les plaisirs ou les commodités que les tranches de son capital lui pourront procurer, si ses revenus les lui refusent ?

Et fatalement cet encouragement légal donné à l'esprit d'égoïsme des célibataires provoquera un affaiblissement parallèle de l'esprit de dévouement et de sacrifice des parents eux-mêmes. Chacun travaillera de moins en moins pour les autres. Chacun voudra jouir davantage et plus vite. On consommera plus, on produira moins. Nous retomberons insensiblement au niveau des sauvages de Montesquieu qui coupent l'arbre pour cueillir le fruit.

Voilà la pente où nous pousse toute nouvelle concession faite au socialisme, et il en est peu, quoiqu'on dise, de plus grave que l'abandon de l'héritage collatéral.

V

Nous n'en sommes pas encore là. Ces célibataires que l'on nous dépeint si indifférents au sort futur de leur patrimoine le lèguent par testament plutôt que de le détruire en le consommant. Et leurs légataires, c'est presque toujours parmi ceux de leur sang qu'ils les choisissent. Et cela est si bien reconnu que le législateur, en 1917, a cru devoir, comme nous l'avons vu, réserver d'office aux parents éloignés leur place dans la succession, lorsque le *de cujus* est incapable de tester.

Mais alors, la suppression des successions collatérales *ab intestat* n'est plus qu'un leurre. Le fisc n'y trouvera nul profit appréciable. Car précisément pour déshériter l'Etat en lui substituant ses arrière-cousins, neuf fois sur dix le *de cujus* fera son testament.

Voilà bien le point faible de la réforme. Et voilà aussi le danger que, pour rendre cette première réforme efficace, on la double d'une autre, infiniment plus grave encore, à notre avis.

Me X, l'auteur anonyme de la brochure que nous citions plus haut, la formule sans hésiter, cette seconde réforme, dans les propositions suivantes :

1° « Les articles du Code civil établissant le droit de tester seront maintenus et continueront à produire leur effet, lorsque le légataire sera un ascendant ou un descendant. »

Ceci est pour les libéralités testamentaires. Les collatéraux et les étrangers sont déclarés absolument incapables d'en recueillir aucune.

2° « Lorsqu'une donation entre vifs, par contrat de mariage ou hors mariage sera consentie à d'autres que les descendants, les ascendants ou le conjoint du donateur, il y aura lieu de percevoir des droits très élevés. »

Pour les libéralités entre vifs, ce n'est plus l'incapacité absolue des collatéraux et des étrangers. C'en est presque l'équivalent, savoir la charge de droits aussi élevés que possible, la seule limite étant le risque de l'évasion fiscale, fatale dès que le contribuable gagne plus à la réaliser qu'il ne perd à la voir déjouer.

Eh bien ! lorsqu'on en vient là, on a beau s'en défendre, on est en pleine eau socialiste. On viole le droit de propriété en le privant de son attribut le plus essentiel : le droit de disposer.


## VI


Ici intervient une considération en quelque sorte latérale.

Qui donc sera atteint par ces mesures restrictives de la capacité de recevoir ? Ceux qu'il ne serait plus permis de prendre pour légataires ? Ceux qui pouvant encore être faits donataires entre vifs, ne le seraient plus qu'au prix d'une confiscation partielle ? — Oui, sans doute, mais encore, avec eux, les tiers bénéficiaires de ces libéralités impossibles ou réduites.

Car il est certain qu'aujourd'hui, en France, beaucoup de libéralités sont grevées de fidéicommis. Telle est la conséquence fatale d'une législation qui rend à peu près impossibles les fondations directes, et qui, par ses proscriptions et ses confiscations, oblige la propriété ecclésiastique et congréganiste à se dissimuler, ou mieux à se livrer à l'entière discrétion des tiers propriétaires apparents.

Voici, par exemple, une maison d'école ou bien une caisse diocésaine. A l'une et à l'autre, il faut un maître. Ce sera, par exemple, le curé de la paroisse, ou un membre du chapitre cathédral, ou bien un pieux laïque. Ce titulaire légal de la propriété ne pourra la transmettre, après lui, que par legs ou par donation. Prenons quinze ans pour l'échéance moyenne de ces mutations successives. S'il faut tous les quinze ans retrancher 25 ou 50 % d'un capital qui n'est pas destiné d'autre part à s'accroître comme celui des particuliers, combien de temps nos œuvres pourront-elles subsister ?

Cette nouvelle conséquence rend encore plus désirable aux socialistes la réforme successorale. Car d'abord ils revendiquent pour l'Etat le monopole de toute activité charitable et bienfaisante  Et ensuite, ils souhaitent ardemment la fin de toute vie religieuse dans la nation.

Mais les socialistes se heurtent encore, Dieu merci, sur ces deux points, aux résistances de l'opinion. Eh bien ! il faut éclairer cette opinion et l'orienter résolument vers la liberté des fondations. Donnons aux œuvres désintéressées, scolaires, charitables, religieuses, le moyen légal de posséder au grand jour. Affranchissons-les de ces entraves, de ces fragilités du patrimoine occulte auxquelles elles sont aujourd'hui condamnées. Et nous verrons bien vite les héritages, au lieu d'être recueillis par des parents lointains plus ou moins indifférents au *de cujus*, prendre une direction plus utile au public et servir, comme en Amérique, de dotations fécondes aux écoles, aux hôpitaux, aux Universités. La collectivité y trouvera son compte ; mais le droit de propriété n'en recevra nulle atteinte, puis-

que c'est librement que des propriétaires préféreront
à leurs lointains cousins les pauvres, les malades, ou
les étudiants.

La question des fondations est donc liée à celle des
successions. Elle n'en forme cependant qu'un aspect
secondaire. Toutes les deux gagneront à être traitées
à part. La liberté des fondations est une réforme nécessaire pour que nous puissions donner à l'édifice social ses commodités et ses embellissements légitimes.
Mais la stabilité des familles, et pour cela l'intégrité de
l'héritage, c'est la condition sans laquelle l'édifice
croulerait sur ses bases.

Ne nous laissons donc pas distraire de l'essentiel par
l'accessoire. Et devant l'opinion, posons nettement la
question de l'impôt sur les successions par rapport au
droit de la famille. Après le droit de Dieu, il n'en est
point qu'il soit plus urgent de défendre et de restaurer
dans la société contemporaine.

P. RAVIER DU MAGNY,

Avocat à la Cour de Lyon,
Professeur à la Faculté Catholique de Droit.

LYON.—IMP. J. PERROUD, R. CHARITÉ, 18 —